Antón Čechov

Alle feste di Natale

versione filologica del racconto

(1899)

a cura di Bruno Osimo

Titolo originale dell'opera: На святках
Traduzione dal russo di Bruno Osimo

Bruno Osimo è un autore/traduttore che si autopubblica

ISBN 9788831462075 per l'edizione elettronica
ISBN 9788831462082 per l'edizione cartacea

Contatti dell'autore-editore-traduttore: osimo@trad.it

Traslitterazione

La traslitterazione dei nomi è fatta in base alla norma ISO 9:

â si pronuncia come 'ia' in 'fiato' /ja/

c si pronuncia come 'z' in 'zozzo' /ts/

č si pronuncia come 'c' in 'cena' /tɕ/

e si pronuncia come 'ie' in 'fieno' /je/

ë si pronuncia come 'io' in 'chiodo' /jo/

è si pronuncia come 'e' in 'lercio' /e/

h si pronuncia come 'c' nel toscano 'laconico' /x/

š si pronuncia come 'sc' in 'scemo' /ʂ/

ŝ si pronuncia come 'sc' in 'esci' /ɕː/

û si pronuncia come 'iu' in 'fiuto' /ju/

z si pronuncia come 's' in 'rosa' /z/

ž si pronuncia come 's' in 'pleasure' /ʐ/

Sommario

Alle feste di Natale

I

«Cosa devo scrivere?»
domandò Egór e intinse la
penna.

Vasilìsa non vedeva la figlia
da quattro anni. La figlia
Efìm'â dopo le nozze se
n'era andata col marito a
Pietroburgo, aveva mandato
due lettere e poi sembrava

sprofondata nell'acqua;
nessun segno. E la vecchia,
che mungesse la mucca
all'alba, caricasse la stufa,
sonnecchiasse di notte – e
sempre pensava a una cosa:
come starà Efîm'â là, sarà
viva? Bisognerebbe spedire
una lettera, ma il vecchio

non sapeva scrivere, e non

c'era nessuno a cui chiedere.

Ma ecco erano arrivate le

feste di Natale, e Vasilìsa

non aveva resistito ed era

andata in osteria da Egór,

fratello del padrone, il quale,

come era tornato dal

servizio militare, così se ne

stava sempre in casa, all'osteria, e non faceva niente; di lui dicevano che sapesse scrivere bene le lettere, a pagarlo come si deve. Vasilìsa aveva parlottato in osteria con la cuoca, poi con la padrona, poi con Egór stesso. Si erano messi d'accordo per

quindici copechi.

E ora – questo succedeva il

secondo giorno di feste in

osteria, in cucina – Egór era

seduto a tavola e teneva la

penna in mano. Vasilìsa era

in piedi davanti a lui,

pensierosa,   con

un'espressione di preoccupazione e mortificazione in faccia. Con lei era venuto anche Pëtr, il suo vecchio, molto magro, alto, con la pelata marrone; stava in piedi e guardava fisso davanti, come un cieco. Sul fornello nella pentola si arrostiva del maiale; sibilava e sbuffava e sembrava quasi parlare: "Flu flu flu". L'aria era soffocante.

«Cosa devo scrivere?» domandò di nuovo Egór.

«E beh!» disse Vasilìsa, guardandolo arrabbiata e

sospettosa. «Non farmi correre! Non scrivi mica gratis, ma a pagamento, o sbaglio? Su, scrivi. Al nostro amato genero Andréj Hrisànfyč e all'unica nostra amata figlia Efîm'â Petróvna con amore un inchino fino a terra e la benedizione dei

genitori è in eterno sacra».

«Ci siamo. Spara il resto».

«E in più facciamo gli auguri

per la festa della Natalità di

Cristo, siamo sani e salvi,

come auguriamo anche a voi

da parte del Signore... Re dei

cieli».

Vasilìsa ci pensò su e scambiò uno sguardo col vecchio.

«Come auguriamo anche a voi da parte del Signore... Re dei cieli...» ripeté e scoppiò a piangere.

Non riusciva a dire più niente. Invece prima,

quando di notte ci pensava,

le sembrava che nemmeno

in dieci lettere sarebbe

riuscita a farci stare tutto.

Dal tempo in cui la figlia e il

marito se n'erano partiti,

molta acqua era scorsa fino

al mare, i vecchi avevano

vissuto come orfani, e di

notte facevano sospiri pesanti, come se la figlia l'avessero sepolta. E in questo tempo quanti avvenimenti di ogni tipo c'erano stati in paese, quante nozze, quante morti! Che inverni lunghi! Che notti lunghe!

«Fa caldo!» disse Egór, sbottonandosi il gilè. «Mi sa che ci saranno settanta gradi. Allora, cos'altro?»

I vecchi tacevano.

«Che lavoro fa tuo genero là?» domandò Egór.

«Faceva il soldato, caro, lo sai» rispose il vecchio con

una vocina debole. «Una volta è anche tornato dal servizio militare con te. Prima era soldato, mentre adesso, invece, è a Pietroburgo in un istituto per le cure delle acque. Il dottore cura i malati con l'acqua. E lui, praticamente, fa il portiere dal dottore».

«C'è scritto qui...» disse la vecchia, togliendo una lettera dallo scialle. «L'abbiamo ricevuta da Efîm'â, ancora lo sa Dio quando. Magari, non sono nemmeno più al mondo».

Egór ci pensò su un po' e si

mise a scrivere in fretta.

"Attualmente" scriveva

"inquantoché il vostro

destino si è sviluppato nel

campo del Settore Militare,

noi Vi consigliamo di

consultare Il Codicie delle

Normative Disciplinarie e

Le Leggi penali del Codicie

Militare, e Voi vedrete in

queste Leggi la civiltà dei

Gradi della Gerarchia

Militare".

Scriveva e leggeva ad alta

voce quello che aveva

scritto, mentre Vasilìsa

pensava che si sarebbe

dovuto scrivere che l'anno

passato c'era stata la

carestia, che non era bastato

il grano nemmeno fino a

Natale, che era toccato

vendere la vacca. Si sarebbe

dovuto chiedere dei soldi, si

sarebbe dovuto scrivere che

il vecchio si ammala spesso

e presto, evidentemente, avrebbe reso l'anima a Dio...

Ma come esprimere questo in parole? Cosa dire prima e cosa dopo?

"Badiate" continuava a scrivere Egór "nel quinto volume delle Risoluzioni Militari. Soldato è un nome comunne, un Sostanzioso.

Soldato si chiama il Primissimo dei generali e l'ultimo dei militari...”

Il vecchio mosse le labbra e disse piano:

«Dare un'occhiata ai nipotini, non mi dispiacerebbe».

«A quali nipotini?» domandò la vecchia e lo guardò arrabbiata. «Magari, chissà, non ne hanno nemmeno!»

«Di nipotini? Magari, invece, ce li hanno sì. Chi lo sa?»

"E perciò potete giudicare voi" si affrettava Egór "qual è il nemico Estero e quale l'Interno. Il primissimo dei nostri Nemici Interni è: Bacco".

La penna raschiava tracciando sulla carta dei riccioli che assomigliavano ad ami da pesca. Egór andava di fretta e leggeva ogni riga alcune volte. Era seduto su uno sgabello, con

le gambe bene aperte sotto

il tavolo, pasciuto, sazio, con

un faccione, la nuca rossa.

Era la volgarità in persona,

rozza, sfacciata, invincibile,

fiera di essere nata e

cresciuta in osteria, e

Vasilìsa capiva bene che era

volgarità, però non sapeva esprimerlo in parole, ma solo guardava Egór arrabbiata e sospettosa.

Dalla voce di lui, dalle parole incomprensibili, dal caldo e dal soffoco le era venuto mal di testa, le si erano confusi i pensieri, e

non diceva più niente, non
pensava e aspettava soltanto
che lui la smettesse di
raschiare. E il vecchio invece
guardava con assoluta
fiducia. Si fidava sia della
vecchia, che lo aveva
portato qui, sia di Egór; e
quando prima aveva

nominato l'istituto per le cure delle acque, si vedeva dalla faccia che si fidava sia dell'istituto, sia del potere curativo dell'acqua.

Finito di scrivere, Egór si alzò e lesse tutta la lettera dall'inizio. Il vecchio non capiva, ma annuiva fiducioso.

«Niente male, scorre...» disse. «Che Dio ti conceda salute. Niente male...»

Posarono sul tavolo tre monete da cinque copechi e uscirono dall'osteria; il vecchio guardava fisso e davanti, come un cieco, e

sulla sua faccia era scritta

una fiducia assoluta, mentre

Vasilìsa, quando uscirono

dall'osteria, fece un cenno

per scacciare un cane e disse

arrabbiata:

«Puah, che piaga!»

Per tutta a notte la vecchia

non dormì, la inquietavano i

pensieri, e all'alba si alzò,

pregò e andò alla stazione, a

spedire la lettera.

Fino alla stazione c'erano

undici verste.

II

La clinica idroterapica del dottor B. O. Mozel'vejzer anche per Capodanno era aperta come nei giorni normali, con la differenza che il portiere Andréj Hrisànfyč aveva un'uniforme con i galloni nuovi, gli stivali luccicavano in modo particolare; e a tutti

quelli che entravano faceva

gli auguri di buon anno

nuovo, di nuova felicità.

Era mattino. Andréj

Hrisànfyč era in piedi sulla

porta e leggeva il giornale.

Esattamente alle dieci entrò

il generale, che conosceva,

uno degli ospiti regolari, e

dietro di lui – un postino.

Andréj Hrisànfyč tolse la

gabbana al generale e disse:

«Buon anno nuovo, nuova

felicità, vostra eccellenza!»

«Grazie, caro. Anche a te».

E, salendo la scala, il

generale accennò alla porta

e domandò (lo domandava

ogni giorno e ogni volta poi

se ne dimenticava):

«E in questa stanza cosa

c'è?»

«Lo studio per i massaggi,

vostra eccellenza!»

Quando i passi del generale

si spensero, Andréj

Hrisànfyč esaminò la posta

in arrivo e trovò una lettera

a suo nome. La dissuggellò,

lesse alcune righe, poi, senza

fretta, guardando il giornale,

andò in camera sua, che era

sempre qui da basso, in

fondo al corridoio. Sua

moglie Efìm'â era seduta sul

letto e allattava un bambino;

un altro bambino, il

maggiore, era in piedi

vicino, con la testa ricciola

posata sulle ginocchia di lei,

un terzo dormiva nel letto.

Entrando nella sua

cameretta, Andréj porse alla

moglie la lettera e disse:

«Dal paese, a quanto pare».

Poi uscì, senza distogliere gli occhi dal giornale, e si fermò in corridoio, non lontano dalla sua porta.

Sentiva che Efìm'â con voce tremante leggeva le prime righe. Lesse e poi non ce la fece più; a lei bastavano anche solo queste righe, lei scoppiò in lacrime e, abbracciando il suo maggiore, baciandolo, si mise a parlare, e non si riusciva a capire se piangesse o ridesse.

«Questa viene dalla nonna, dal nonno...» diceva. «Dal

paese... Regina dei cieli,
Santi numi. Là ora la neve
arriva quasi fino al tetto... gli
alberi sono bianchi bianchi.
I bambini vanno sugli
slittini... E il nonno pelato
sta sulla stufa... e il
cagnolino giallino... I miei
cari colombelli!»

Ad Andréj Hrisànfyč, sentendo questo, venne in mente che tre o quattro volte la moglie gli aveva dato delle lettere, gli aveva chiesto di spedirle al paese, ma glielo avevano impedito degli affari importanti: non

le aveva spedite, le lettere
erano finite chissà dove.

«E nei campi corrono i
leprotti» spiegava Efîm'â,
versando lacrime, baciando
il suo bambino. «Il nonno è
tranquillo, buono, e anche la
nonna è buona, ha
compassione. In campagna

vivono in pace, hanno timore di Dio... E nel paese c'è una chiesetta, i mužikì cantano nel kliros[1]. Se ci portasse via di qua la Regina dei cieli, la Madre interceditrice!»

------

[1] Punto in cui stanno cantori e lettori durante la funzione. I *kliros* e i cantori rappresentano cori di angeli che cantano la gloria di Dio.

Andréj Hrisànfyč tornò in camera sua per fumare, prima che arrivasse qualcuno, e d'un tratto Efìm'â si mise a tacere, si calmò e si asciugò gli occhi, e le tremavano solo le labbra. Aveva molta paura di lui, uh, quanto ne aveva paura! Fremeva, era terrorizzata dai suoi passi, dal suo sguardo, non osava dire in sua presenza nemmeno una parola.

Andréj Hrisànfyč accese la sigaretta, ma proprio in questo momento suonarono di sopra. Spense la sigaretta e, facendo una faccia molto

seria, corse alla sua porta

principale.

Da sopra scendeva il

generale, roseo, fresco di

bagno.

«E in questa stanza cosa

c'è?» domandò, indicando la

porta.

Andréj Hrisanfyč si irrigidì,

sull'attenti, e disse forte:

«Le docce Charcot, vostra

eccellenza!»

Dello stesso editore

Poesia

Osip Mandel'štàm, Pietra (edizione cartacea: La Vita Felice)
Osip Mandel'štàm, Tristia. Secondo libro (edizione cartacea: La Vita Felice)
Osip Mandel'štàm, Quaderni di Mosca (edizione cartacea: La Vita Felice)

Anna Achmàtova, Stormo bianco (edizione cartacea: La Vita Felice)
Anna Achmàtova, Rosario (edizione cartacea: La Vita Felice)

Anna Achmàtova, Sera (edizione cartacea: La Vita Felice)

Anna Achmàtova, Tutte le poesie

Marina Cvetàeva Mestiere (edizione cartacea: La Vita Felice)

Marina Cvetàeva Accampamento dei cigni-Separazione (edizione cartacea: La Vita Felice)

Marina Cvetàeva Verste. Poesie 1916-1920 (edizione cartacea: La Vita Felice)

Marina Cvetàeva È ora di spegner la lanterna. Ultime poesie 1936-1941

Aleksandr Blok Bolle di terra
- Viola notturna - Maschera di
neve
Aleksandr Blok Crocevia
(edizione cartacea: La Vita
Felice)
Aleksandr Blok Città
(edizione cartacea: La Vita
Felice)
Aleksandr Blok Poesie sulla
bellissima dama
Aleksandr Blok Ante Lucem

Dino Campana Tutte le
poesie
Vladìmir Majakovskij Tutte le
poesie (1912-1930)

T.S.Eliot Canzone d'amore di
J. Alfred Prufrock
Cantico dei cantici
Bruno Osimo Spazio intorno
allo squalo
Bruno   Osimo   Poesie
dall'ospedale psichiatrico
Bruno Osimo Poesie apocrife
di Anna Ahmàtova
Bruno Osimo A Silva
Bruno Osimo Per tenerti la
mano tra coyote e cinghiale
Bruno Osimo Sguardi rubati ;
Gianpaolo Tescari
Bruno   Osimo   Bolle
d'accompagnazione
Bruno   Osimo   Proposta
sibillina

Bruno Osimo Ce l'hai scarico
da un pezzo
Bruno Osimo Sei un vaso di
fiori di campo
Bruno Osimo La scoiattola
d'autunno

Semiotica

Bruno Osimo Semiotica
semplice
Bruno Osimo Semiotics for
Beginners
Bruno Osimo Semiotica per
principianti
Lev Vygótskij, Pensiero e
parola
Charles Sanders Peirce
Filosofia della mente
Jurij Lotman Il testo nel testo

alla scuola di Tartu fondata da Lotman.

Peeter Torop Biografia privata di Lotman attraverso gli autoritratti. Il discorso interno di uno studioso

Peeter Torop La transmedialità dell'autocomunicazione della cultura

Peeter Torop Sugli inizi della semiotica della cultura alla luce delle tesi della scuola di Tartu-Mosca

Opere di Gógol'

La lettera scomparsa

Notte di maggio ovvero L'annegata

La sera della vigilia di Ivàn
Kupàla
La fiera di Soróčinci
Memorie di un pazzo

Opere di Solženìcyn

L'arresto. Vivere e morire ai
tempi dei gulag
L'istruttoria. Torture, false
confessioni, gulag
Storia delle fogne russe.
Ondate di deportazione in
gulag
La donna in lager. Vita
quotidiana nei gulag

Opere di Čechov

Dùsečka
Zio Vanja

Tre sorelle

Il gabbiano

Il giardino dei ciliegi
(L'amareneto)

L'insegnante di lettere

Dama con cagnolino:
racconto

Casa con mezzanino
(racconto di un pittore)

Racconto della signora X

L'isola di Sachalìn

La dacia nuova

A proposito dell'amore

I mužikì

Alle feste di Natale

Per affari di servizio

Nel baratro

Tre anni

Il duello

Ionyč: racconto
L'arciereo: racconto
La sposa: racconto
Kaštanka: racconto
Ragazzi: racconto
Principessa: racconto

Opere di Tolstój

Imparare a scrivere dai bambini
Infanzia
Non uccidere nessuno
Non posso stare zitto Contro la pena di morte
Su ciò che viene chiamato «arte»
Il Vangelo spiegato ai bambini
Il parassitismo

Sonata «Kreutzer»
Il desiderio sessuale
Religione e morale
Perché la gente si droga?
Perché non mangio la carne

Opere di Dostoevskij

Notti bianche
Memorie dal sottosuolo
Il villaggio di Stepànčikovo e i
suoi abitanti

Opere di Leskóv

L'ebreo in Russia
Il pellegrino incantato. Il
mancino
L'angelo sigillato. L'ebreo in
Russia

Opere di Bulgàkov

Comune operaia № 13
Il mago nero
Ho ucciso e altri racconti

Opere di Pùškin

Evgénij Onégin

Fiabe popolari

Sivko-burko

Fiaba su Ivàn-zarévič, sull'uccello-brace e sul lupo grigio

Vasilìsa la bellissima. La sorellina volpina. Ivàn Zarévič

Bruno Osimo Translation Studies. Contributions from Eastern Europe

Bruno Osimo Handbook of Translation Studies

Bruno Osimo Juri Lotman's Translation Handbook

Bruno Osimo Dictionary of Translation Studies

Bruno Osimo History of Translation

Bruno Osimo Roman Jakobson's Translation Handbook

Bruno Osimo The Translation of Culture

Bruno Osimo Prototext-metatext translation shifts

Anton Popovič La scienza
della traduzione
Peeter Torop La traduzione
totale
Aleksandar Lûdskanov Un
approccio semiotico alla
traduzione
Vlahov Florin La traduzione
dei realia
Revzin Rozencvejg Manuale
di semiotica della traduzione
Jiří Levý La creatività
linguistica e letteraria del
traduttore
Jiří Levý Stile letterario e stile
traduttivo. Come si forma il
traduttese
Zuzana Jettmarová Teoria
ceca della traduzione

B., S.A. Osimo Distorsione cognitiva, distorsione traduttiva e distorsione poetica come cambiamenti semiotici

Bruno Osimo Manuale del traduttore di Giacomo Leopardi

Bruno Osimo Peeter Torop per la scienza della traduzione

Bruno Osimo La traduzione totale. Spunti per lo sviluppo della scienza della traduzione

Bruno Osimo Teoria della mediazione linguistica

Bruno Osimo Traduzione come metafora, traduttore come antropologo

Bruno Osimo Traduzione e qualità

Bruno Osimo Traduzione: aspetti mentali

Bruno Osimo La traduzione totale di Peeter Torop

Fuori collana

Federico Bario Come batteva il tamburo

Aleksandr Ânov Le origini dell'autocrazia

Anatolij Rybakov Gli anni del grande terrore

Raffaello Giovagnoli Spartaco

Mihail Arcybašev Sangue

Mikhail Artsybashev Blood

Julija Voznesenskaja Decamerone delle donne

Solomon Volkov Pietroburgo.
Storia culturale
Solomon Volkov Šostakovič e
Stalin: l'artista e lo zar
Howard Rheingold Comunità
virtuali
Bruno Osimo Il poeta in
affari veniva da molto lontano
Bruno Osimo Esercizi di stile
traduttivo
Bruno Osimo Melanzane
dall'antipasto al dolce
Bruno Osimo Dizionario di
psicoanalisi
Lucilla Porta, Una sorta di
affetto. Romanzo
Tamara Nigi, Stazioni di
transito. Haiku scritti
sull'acqua

Poesia nascosta. Seicento
ricette di cucina ebraica in
Italia
Graziella Colonna, Memorie
1927-2024